ALFAGUARA^{MR}
INFANTIL

ALFAGUARA^{MR}

INFANTIL

MIL GRULLAS

D.R. © del texto: Elsa Bornemann, 1991
c/o Guillermo Schavelzon y Asoc. Agencia Literaria
D.R. © de las ilustraciones: María Jesús Álvarez, 2011
D.R. © Aguilar, Altea, Taurus, Alfaguara S.A., 2011

D.R. © de esta edición:
Editorial Santillana, S.A. de C.V., 2013
Av. Río Mixcoac 274, Col. Acacias
03240, México, D.F.

Alfaguara Infantil es un sello editorial de **Grupo Prisa**, licenciado a favor
de Editorial Santillana, S.A. de C.V.

Éstas son sus sedes:

Argentina, Bolivia, Chile, Colombia, Costa Rica, Ecuador, El Salvador,
España, Estados Unidos, Guatemala, México, Panamá, Paraguay, Perú,
Puerto Rico, República Dominicana, Uruguay y Venezuela.

Primera edición: noviembre de 2013
Segunda reimpresión: julio de 2014

ISBN: 978-607-01-1915-6

Impreso en México

MIL GRULLAS

ELSA BORNEMANN

ILUSTRACIONES:
MARÍA JESÚS ÁLVAREZ

ALFAGUARA^{MR}

INFANTIL

Naomi Watanabe y Toshiro Ueda creían que el mundo era nuevo. Como todos los niños. Porque ellos eran nuevos en el mundo. También, como todos los niños. Pero el mundo era ya muy viejo entonces, en el año 1945, y otra vez estaba en guerra. Naomi y Toshiro no entendían muy bien qué era lo que estaba pasando.

Desde que ambos recordaban, sus pequeñas vidas en la ciudad japonesa de Hiroshima se habían desarrollado del mismo modo: en un clima de sobresaltos, entre adultos callados y tristes, compartiendo con ellos los escasos granos de arroz que flotaban en la sopa diaria y el miedo que apretaba las reuniones familiares de cada anochecer en torno a las noticias de la radio, que hablaban de luchas y muerte por todas partes.

Sin embargo, creían que el mundo era nuevo y esperaban ansiosos cada día para descubrirlo.

¡Ah... y también se estaban descubriendo uno al otro!

Se contemplaban de reojo durante la caminata hacia la escuela, cuando suponían que sus miradas levantaban murallas y nadie más que ellos podía transitar ese imaginario senderito de ojos a ojos.

Apenas si habían intercambiado algunas frases.

El afecto de los dos no buscaba las palabras. Estaban tan acostumbrados al silencio...

Pero Naomi sabía que quería a ese muchachito delgado, que más de una vez se quedaba sin almorzar por darle a ella la ración de camotes que había traído de su casa.

—No tengo hambre —le mentía Toshiro, cuando veía que la niña apenas si tenía dos o tres galletitas para pasar el mediodía—. Te dejo mi vianda —y se iba a corretear con sus compañeros hasta la hora de regreso a las aulas, para que Naomi no tuviera vergüenza de devorar la ración.

Naomi... poblaba el corazón de Toshiro. Se le anudaba en los sueños con sus largas trenzas negras. Le hacía tener ganas de crecer de golpe para poder casarse con ella. Pero ese futuro quedaba tan lejos aún...

El futuro inmediato de aquella primavera de 1945 fue el verano, que llegó puntualmente el 21 de junio y anunció las vacaciones escolares.

Y con la misma intensidad con que otras veces habían esperado sus soleadas mañanas, ese año el verano los ensombreció a los dos: ni Naomi ni Toshiro deseaban que empezara. Su comienzo significaba que tendrían que dejar de verse durante un mes y medio inacabable.

A pesar de que sus casas no quedaban demasiado lejos una de la otra, sus familias no se conocían. Ni siquiera tenían entonces la posibilidad de encontrarse en alguna visita. Había que esperar pacientemente la reanudación de las clases.

Acabó junio y Toshiro arrancó contento la hoja del almanaque...

Se fue julio y Naomi arrancó contenta la hoja del almanaque...

Y aunque no lo supieran: "¡Por fin llegó agosto!",
pensaron los dos al mismo tiempo.

Fue justamente el primero de ese mes cuando Toshiro viajó, junto con sus padres, hacia la aldea de Miyashima.[1] Iban a pasar una semana. Allí vivían los abuelos, dos ceramistas que veían apilarse vasijas en todos los rincones de su local.

Ya no vendían nada. No obstante, sus manos viejas seguían modelando la arcilla con la misma dedicación de otras épocas.

—Para cuando termine la guerra... —decía el abuelo.

—Todo acaba algún día... —comentaba la abuela por lo bajo. Y Toshiro sentía que la paz debía de ser algo muy hermoso, porque los ojos de su madre parecían aclararse fugazmente cada vez que se referían al fin de la guerra, tal como a él se le aclaraban los suyos cuando recordaba a Naomi.

Después, achicó en rollitos ambos papeles y los guardó dentro de una cajita de laca en la que escondía sus pequeños tesoros de la curiosidad de sus hermanos.

El cuatro y el cinco de agosto se los pasó ayudando a su madre y a las tías. ¡Era tanta la ropa para remendar!

Sin embargo, esa tarea no le disgustaba. Naomi siempre sabía hallar el modo de convertir en un juego entretenido lo que acaso resultaba aburridísimo para otras niñas. Cuando cosía, por ejemplo, imaginaba que cada doscientas veintidós puntadas podía sujetar un deseo para que se cumpliese.

La aguja iba y venía, laboriosa. Así, quedó en el pantalón de su hermano menor el ruego de que finalizara enseguida esa espantosa guerra, y en los puños de la camisa de su papá, el pedido de que Toshiro no la olvidara nunca...

Y los dos deseos se cumplieron.

Pero el mundo tenía sus propios planes...

Ocho de la mañana del seis de agosto en el cielo de Hiroshima.

Naomi se ajusta el *obi*[4] de su *kimono*[5] y recuerda a su amigo: "¿Qué estará haciendo ahora?".

"Ahora", Toshiro pesca en la isla mientras se pregunta: "¿Qué estará haciendo Naomi?".

En el mismo momento, un avión enemigo sobrevuela el cielo de Hiroshima.

En el avión, hombres blancos que pulsan botones, y la bomba atómica surca por primera vez un cielo. El cielo de Hiroshima.

Un repentino resplandor ilumina extrañamente la ciudad.

En ella, una mamá amamanta a su hijo por última vez.
Dos viejos trenzan bambúes por última vez.
Una docena de chicos canturrea: Donguri Koro Koro[6] Donguri Ko... por última vez.
Cientos de mujeres repiten sus gestos habituales por última vez.
Miles de hombres piensan en mañana por última vez.
Naomi sale para hacer unos mandados.

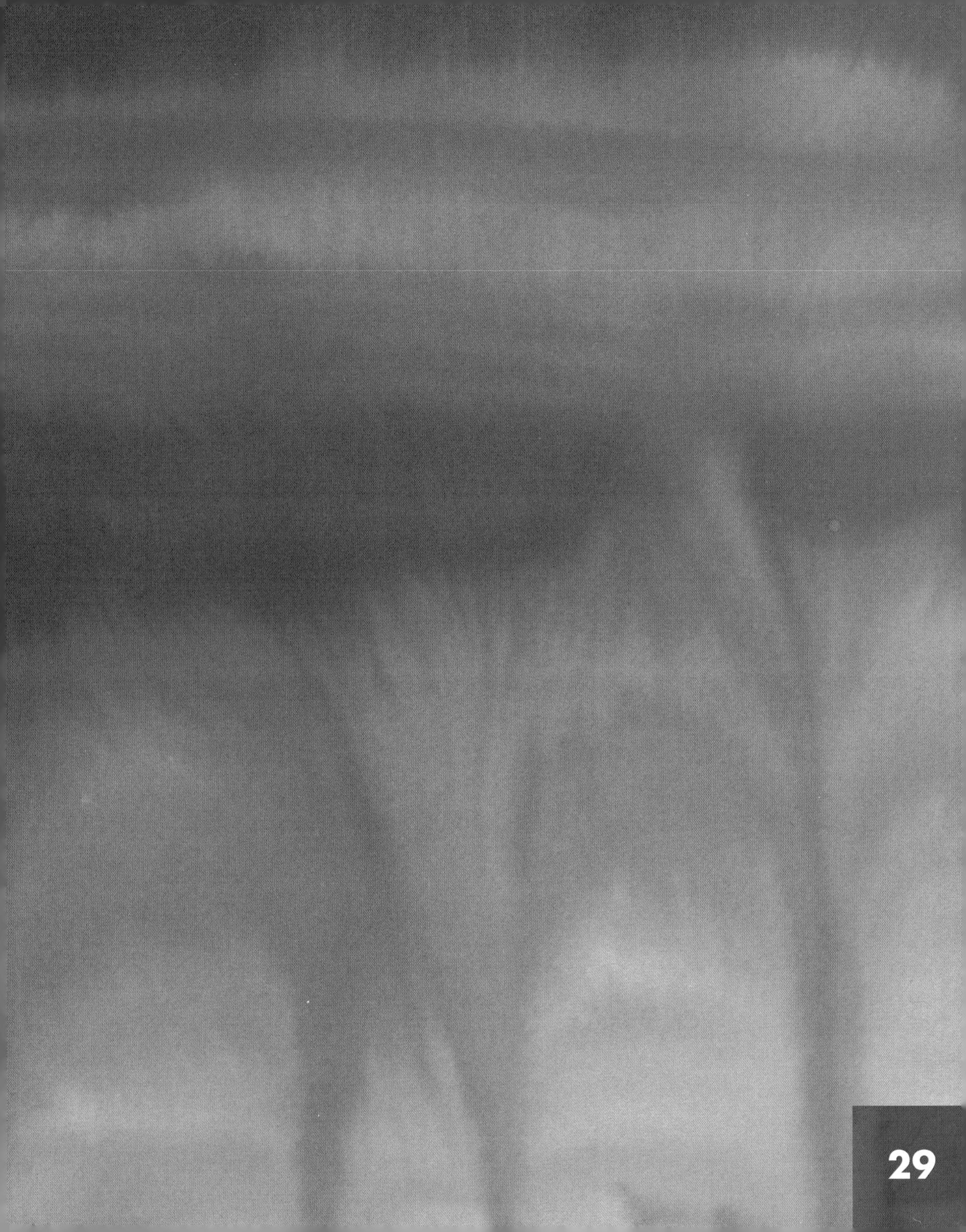

Silenciosa explota la bomba. Hierven, de repente, las aguas del río.

Y medio millón de japoneses, medio millón de seres humanos, se desintegran esa mañana. Y con ellos desaparecen edificios, árboles, calles, animales, puentes y el pasado de Hiroshima.

Ya ninguno de los sobrevivientes podrá volver a reflejarse en el mismo espejo, ni abrir nuevamente la puerta de su casa, ni retomar ningún camino querido.

Nadie será ya quien era.

Hiroshima arrasada por un hongo atómico.

Hiroshima es el sol, ese 6 de agosto de 1945. Un sol estallando.

Recién en diciembre logró Toshiro averiguar dónde estaba Naomi. ¡Y que aún estaba viva, Dios!

Ella y su familia, internados en el hospital ubicado en una localidad próxima a Hiroshima. Como tantos otros cientos de miles que también habían sobrevivido al horror, aunque el horror estuviera ahora instalado dentro de ellos, en su misma sangre.

Y hacia ese hospital marchó Toshiro una mañana.

El invierno se insinuaba ya en el aire y el muchacho no sabía si era el frío exterior o su pensamiento lo que le hacía tiritar.

Naomi se hallaba en una cama situada junto a la ventana. De cara al techo. Con los ojos abiertos y la mirada inmóvil. Ya no tenía sus trenzas. Apenas una tenue pelusita oscura.

Sobre su mesa de luz, unas cuantas grullas de papel desparramadas.

—Voy a morirme, Toshiro... —susurró, no bien su amigo se paró, en silencio, al lado de su cama—. Nunca llegaré a plegar las mil grullas que me hacen falta...

Mil grullas... o *Semba Tsuru*,[7] como se dice en japonés.

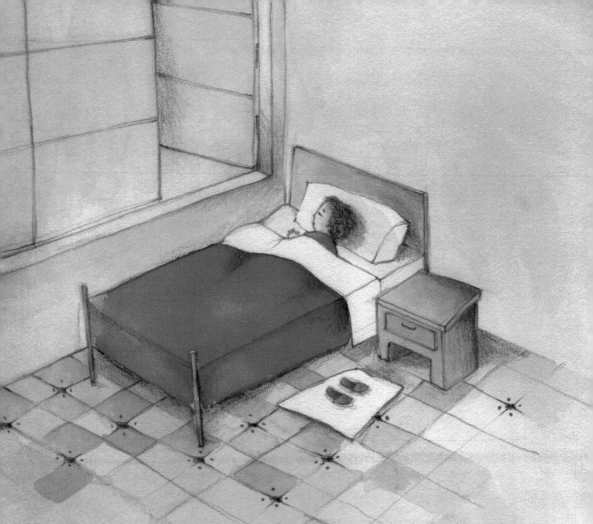

Con el corazón encogido, Toshiro contó las que se
hallaban dispersas sobre la mesita. Sólo veinte. Después,
las juntó cuidadosamente antes de guardarlas en un bolsillo
de su chaqueta.

—Te vas a curar, Naomi —le dijo entonces, pero su
amiga no lo oía ya: se había quedado dormida.

El muchachito salió del hospital, bebiéndose las lágrimas.

Ni la madre ni el padre ni los tíos de Toshiro (en cuya casa se encontraban temporariamente alojados) entendieron aquella noche el porqué de la misteriosa desaparición de casi todos los papeles que, hasta ese día, había habido allí.

Hojas de diario, pedazos de papel para envolver, viejos cuadernos y hasta algunos libros parecían haberse esfumado mágicamente. Pero ya era tarde para preguntar. Todos los mayores se durmieron, sorprendidos.

35

En la habitación que compartía con sus primos, Toshiro velaba entre las sombras. Esperó hasta que tuvo la certeza de que nadie más que él continuaba despierto. Entonces, se incorporó con sigilo y abrió el armario donde se solían acomodar las mantas.

Mordiéndose la punta de la lengua, extrajo la pila de papeles que había recolectado en secreto y volvió a su lecho.

La tijera la llevaba oculta entre sus ropas.

Y así, en el silencio y la oscuridad de aquellas horas, Toshiro recortó primero novecientos ochenta cuadraditos y luego los plegó, uno por uno, hasta completar las mil grullas que ansiaba Naomi, tras sumarles las que ella misma había hecho. Ya amanecía. El muchacho se encontraba pasando hilos a través de las siluetas de papel. Separó en grupos de diez las frágiles grullas del milagro y las aprestó para que imitaran el vuelo, suspendidas como estaban de un leve hilo de coser, una encima de la otra.

Con los dedos agrietados y el corazón temblando, Toshiro colocó las cien tiras dentro de su *furoshiki*[8] y partió rumbo al hospital antes de que su familia se despertara. Por esa única vez, tomó sin pedir permiso la bicicleta de sus primos.

No había tiempo que perder. Imposible recorrer a pie, como el día anterior, los kilómetros que lo separaban del hospital. La vida de Naomi dependía de esas grullas.

—Prohibidas las visitas a esta hora —le dijo una enfermera, impidiéndole el acceso a la enorme sala en uno de cuyos extremos estaba la cama de su querida amiga.

Toshiro insistió:

—Sólo quiero colgar estas grullas sobre su lecho. Por favor...

Ningún gesto denunció la emoción de la enfermera cuando el chico le mostró las avecitas de papel. Con la misma aparente impasibilidad con que momentos antes le había cerrado el paso, se hizo a un lado y le permitió que entrara:

—Pero cinco minutos, ¿eh?

Naomi dormía.

Tratando de no hacer el mínimo ruidito, Toshiro puso una silla sobre la mesa de luz y luego se subió.

Tuvo que estirarse a más no poder para alcanzar el cielo raso. Pero lo alcanzó. Y en un rato estaban las mil grullas pendiendo del techo; los cien hilos entrelazados, firmemente sujetos con alfileres.

Fue al bajarse de su improvisada escalera cuando advirtió que Naomi lo estaba observando. Tenía la cabecita echada hacia un lado y una sonrisa en los ojos.

—Son hermosas, Toshi-chan...[9] Gracias...

—Hay un millar. Son tuyas, Naomi. Tuyas —y el muchacho abandonó la sala sin darse vuelta.

En la luminosidad del mediodía que ahora ocupaba todo el recinto, mil grullas empezaron a balancearse impulsadas por el viento que la enfermera también dejó colar, al entreabrir por unos instantes la ventana.

Los ojos de Naomi seguían sonriendo.

La niña murió al día siguiente. Un ángel a la intemperie frente a la impiedad de los adultos. ¿Cómo podían mil frágiles avecitas de papel vencer el horror instalado en su sangre?

Febrero de 1976.

Toshiro Ueda cumplió cuarenta y dos años y vive en Inglaterra. Se casó, tiene tres hijos y es gerente de sucursal de un banco establecido en Londres.

Serio y poco comunicativo como es, ninguno de sus empleados se atreve a preguntarle por qué, entre el aluvión de papeles con importantes informes y mensajes telegráficos que habitualmente se juntan sobre su escritorio, siempre se encuentran algunas grullas de origami dispersas al azar.

Grullas seguramente hechas por él, pero en algún momento en que nadie consigue sorprenderlo.

Grullas desplegando alas en las que se descubren las cifras de la máquina de calcular.

Grullas surgidas de servilletitas con impresos de los más sofisticados restaurantes...

Grullas y más grullas.

Y los empleados comentan,
divertidos, que el gerente debe
de creer en aquella superstición
japonesa.

—Algún día completará las mil...
—cuchichean entre risas—. ¿Se
animará entonces a colgarlas sobre
su escritorio?

Ninguno sospecha, siquiera,
la entrañable relación que esas
grullas tienen con la perdida
Hiroshima de su niñez. Con su
perdido amor primero.

Glosario

[1] Miyashima: pequeña isla situada en las proximidades de la ciudad de Hiroshima.

[2] *Tatami*: estera que se coloca sobre los pisos, en las casas japonesas tradicionales.

[3] *Haiku* o *haikai*: breve poema de diecisiete sílabas, típico de la poesía japonesa.

[4] *Obi*: faja que acompaña al *kimono*.

[5] *Kimono*: vestimenta tradicional japonesa, de amplias mangas, larga hasta los pies y que se cruza por delante, sujetándose con una especie de faja llamada *obi*.

[6] *Donguri Koro Koro...*: verso de una popular canción infantil japonesa.

[7] *Semba Tsuru*: mil grullas. Una creencia popular japonesa asegura que haciendo mil de esas aves según enseña a realizarlo el *origami* (nombre del sistema de plegado de papel) se logra alcanzar larga vida y felicidad.

[8] *Furoshiki*: tela cuadrangular que se usa para formar una bolsa, atándola por sus cuatro puntas después de colocar el contenido.

[9] Toshi-chan: diminutivo de Toshiro.

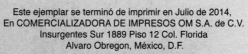

Este ejemplar se terminó de imprimir en Julio de 2014,
En COMERCIALIZADORA DE IMPRESOS OM S.A. de C.V.
Insurgentes Sur 1889 Piso 12 Col. Florida
Alvaro Obregon, México, D.F.